猴 面 包 树

24 H dans la vie d'une famille hérisson

小刺猬阿奈家的
24小时

〔法〕曾荷丽（Aurélie Chien Chow Chine） 著

王存苗　汪一鑫　译

浙江教育出版社·杭州

目录

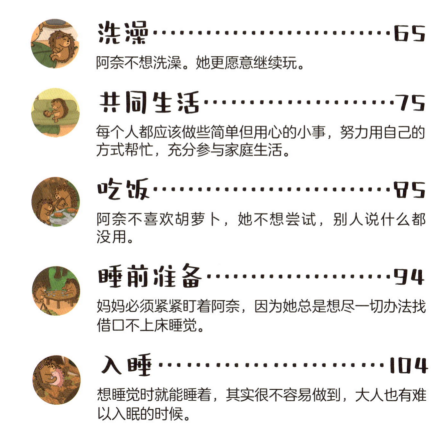

家人之间的交流

　　我们每天都在进行自我表达。我们同身边的人分享我们的经历、感受和想法：这就是交流。

　　这种交流是非常重要的，因为它能让我们的家人、朋友、同学、同事理解我们。

　　自我表达的方式有很多：言语、手势、面部表情、文字、图画、音乐等。

情绪

　　在日常生活中，我们会经历一些事情，并因此产生各种情绪，这些情绪会影响我们与他人的交流。

　　有时，情绪可以促进交流。

　　有时，恰恰相反，它会阻碍交流。

　　这就是我们接下来要讨论的问题。我们跟随可爱的刺猬一家，看看他们在平常的一天，从晨起到就寝，会经历哪些情绪。

　　我们还会用一些好方法去帮助他们，让这个甜蜜又带刺儿的小家庭里的所有成员都能重拾好心情！

刺猬一家

这就是刺猬一家：妈妈、爸爸、哈利、阿奈和舒仔。

拉巴维尔教授

妈妈

爸爸

舒仔

（这可是法语中"小刺猬宝宝"的学名哦！）

阿奈

哈利

一家人的心情

在日常生活中，刺猬们会感受到很多东西，而他们的情绪往往又跟这些感受有关。这一家子的特点就是非常敏感……通过他们的毛就能看出来！

事事如意时的刺猬一家

当家里的每位成员都过得很好时，他们会感受到积极愉快的情绪。他们感觉很好，在这种情况下，毛是柔顺整齐的：一点儿也不会有刺刺的感觉。

一切正常时的刺猬一家

一切正常时，他们的毛呈现自然状态：一部分摸起来有点儿扎手，但其他的依旧很柔软。

情况糟糕时的刺猬一家

有时，刺猬一家会经历一些不愉快的事情。当他们产生负面情绪时，身上的毛就会竖起来，变得有些刺手的了。

糟糕透顶时的刺猬一家

当家庭成员们生气、难过或沉浸在消极的情绪中时，他们就会蜷缩成团。而当他们蜷缩成团的时候，沟通就变成很复杂的事情了。

使用说明

这位是刺猬沟通专家拉巴维尔教授。一旦刺猬家庭成员间出现了哪怕是最小的误会，或者稍有互不理解的情况发生，他都能对其进行解读。

情况分析、解读、解决办法

对于每一种情况，拉巴维尔教授都会试着去理解，然后对孩子和大人的感受做出解读。一旦明白了问题所在，他还会试着给出一些小技巧和小妙招，以后遇到同样的情况时，孩子和大人就可以换一种方式去处理。

10

一本可供双方阅读的书

发生冲突时，什么也逃不过拉巴维尔教授的眼睛。他意识到，孩子和大人在经历同一事件时，感受是不同的。那就让我们一起饶有兴趣地来看看双方的不同观点，如何？

每个人都有自己的看法，每个人都有属于自己的页面！

我们将在拉巴维尔教授的带领下，跟随可爱的刺猬一家，体验他们的各种情绪。

大小读者须知：有些页面是给孩子看的，有些则是给父母看的。

给孩子看的页面

给父母看的页面

阅读标记

　　拉巴维尔教授的初衷就是帮助孩子理解父母，也让父母理解孩子。每个人都可以试着设身处地为对方着想。为此，当拉巴维尔教授解读孩子的感受时，父母需要加以关注。反过来，孩子也要关注拉巴维尔教授对父母感受的解读。

> 我们做了些小标记，告诉大家下面的解读主要是给谁看的。

孩子们的想法

大人的符号
＝
父母来看。

家长可以站在孩子的角度看问题。

父母的想法

孩子可以站在大人的角度看问题。

孩子的符号
＝
孩子们来看。

附赠小惊喜

书末还有小惊喜，一起去发现吧！

晨起

情况分析

妈妈的想法

刺猬一家的日程从早上开始就安排得满满当当。

- 起床、上厕所
- 洗漱
- 吃早餐
- 检查书包里是否装好了点心、水壶、毛绒玩偶、纸巾，以及家长签好字的家校联络本

可有时，在某些事上耗费的时间会超出预想，为了不迟到，一场与时间的赛跑开始了。

嗨，甜心，7 点了，要起床了。

快点哦，宝贝，现在得起床了，已经 7 点 10 分了。

快起床！阿奈！7 点 20 分了！！我们要迟到了！

阿奈的想法

zzZzz..

- 7点10分？不明白是什么意思。
- 我还是好想睡觉。
- 7点20分？还是不明白。
- 为什么要赶快上厕所、洗漱、吃饭呢？
- 待在家里很舒服啊……

时间？

几点？

7点？

7点10分？

快点儿，快点儿！
我会帮你把东西
都准备好的。

拉巴维尔教授的解读

妈妈的节奏

早上，父母有很多事情需要准备，他们的时间并不充裕。他们必须为孩子一天的在校生活做好一切准备，保证他们什么都不缺，舒舒服服地度过美好的一天。父母想要事事考虑周全，但这并不是那么容易！

要确保大家都不迟到，就必须考虑学校的时间表，还要考虑公共交通的时间和家长上班的时间。迟到的时间越长，父母就越心烦。有时，早上起晚了，他们中总有一个会发火。

阿奈的节奏

　　早上，孩子们并没有意识到父母预先制订的精确到几点几分的时间安排。他们更愿意听从自己内心的想法，往往是想多睡一会儿、发发呆，又或者想玩。

　　此外，孩子的时间概念的形成也是需要时间的！

　　2~3岁时，孩子们知道了昨天、今天和明天。

　　4~5岁时，他们知道了一年有四季，也知道一天中有不同的时段：早上、中午和晚上。

　　6岁时，他们能记住一周有哪七天。

　　到了7岁，他们才开始学习几点几分的时间概念。

　　这就是为什么有时候小孩子很难理解迟到的概念，也很难理解什么是时间表。

拉巴维尔教授的解读

当一切都很好，双方心情也好时，交流就会既容易又自然。

当双方意见不一致、生气发火时，愤怒或悲伤等负面情绪就会对交流造成干扰。

沉浸在晨起不顺带来的负面情绪中，妈妈和阿奈各自缩成一团，我生你的气，你生我的气，谁也不听谁说话了。

解决方法：恢复平静

情绪不好时，我们可以通过深呼吸找回平静。

我们用鼻子吸气，让腹部隆起。

想象自己将平静吸入体内，然后用嘴呼气。

1分钟内做6次有规律的深呼吸，可以让身体重新回到安静平和的状态。

6次深呼吸，找回好心情！

好啦，妈妈和阿奈都收起了尖刺儿！她们恢复了平静，身上的毛也变得柔软，可以心平气和地交谈并倾听对方的想法了。

拉巴维尔教授的小妙招

　　父母可以跟孩子谈谈，解释一下早上通常要做哪些事情。借助一些直观的标识工具，比如一周计划表或一些图片，这样会更好。

　　也可以使用计时工具：用沙漏或儿歌来计时。

10分钟=
起床用时

5分钟=
穿衣用时

3分钟=
刷牙用时

　　在表盘上做标记也是一个好办法（参见"附赠小惊喜"，116页）。

粘贴或绘制
一些标记

简易色码

设置一个钟表

　　更重要的是，为了度过接下来这美好的一天，我们可以在离开时给对方一个大大的拥抱……

美好的一天开始啦……

情况分析

妈妈的想法

妈妈去学校接孩子们的时候，他们都很乖巧，脸上带着笑容，是真正的小天使……

但是，有时就在几分钟后，他们的态度就突然变了。他们发脾气、吵架、哭闹、生气。

孩子们的想法

为了在学校好好表现，孩子们一整天都在克制自己。阿奈始终保持乖巧专注，哪怕她一直很想动来动去或说个不停。而哈利为了参与课堂互动，他会强迫自己主动发言。

因此，放学的时候，孩子们就会将白天在学校里抑制住的天性都释放出来。阿奈会释放内心的喜悦和充沛的精力，而哈利则会重新回到沉默寡言的本真状态。

拉巴维尔教授的解读

当妈妈去学校接孩子们的时候，她非常高兴又能和他们在一起了！即便有时某个孩子会对她提出很多要求，会发牢骚、赌气、哭闹，但这都没关系。她会陪在他们身边。

精力 ▬▬▬ 疲惫感

但是到了傍晚，经历了一整天繁重的工作后，妈妈也会有些疲惫。她的精力没那么旺盛了，有时也没有耐心去接纳其他家庭成员的情绪。她看起来会有些烦躁，但这并不是对自己的孩子感到厌烦，只是因为妈妈也会有自己的情绪。

精力 ▬ 疲惫感

28

孩子们的感受

妈妈或爸爸是孩子们最信任的人，所以他们认为，无论自己做了什么，父母都会永远爱着他们。这也就是为什么，当他们需要发泄情绪的时候，往往会把父母作为首选对象。这种情绪的释放与他们对一个人的爱和信任是正相关的，他们越信任对方，就越会展现出本真的一面。

孩子情感依恋的对象

孩子们发脾气并不是想要惹恼你，（虽然看起来像是这样……），放学后这样的表现，正是他们为清空一天下来积累的情绪而采用的一种排遣方式。这很正常……加油。

拉巴维尔教授的解读

情绪会传染

我们心情不好的时候，也会让他人感到不愉快。我们发牢骚、生闷气、发火，这对我们自身一点儿好处也没有。而当我们对某人发火时，也将不好的情绪传给了对方。于是，两个人都感受到负面情绪了。

如果阿奈不开心，她又去招惹哥哥，哥哥也会不开心。接下来，她可能也会惹妈妈不开心。然后，还会继续产生连锁反应，情绪是可以分享的，也是会蔓延的，无论是愉快的，还是不愉快的。

大家都生气了

　　当坏心情蔓延开来时，全家人都会感受到消极情绪：愤怒、悲伤、怄气……每个家庭成员都会蜷缩成团。

　　在这种情况下，家庭中就形成了一种负面情绪不断蔓延的恶性循环。一只刺猬生气时，就是刺刺的。比如，他不听对方说话，又或者口不择言，被他惹恼的人会更生气！很快大家就会无休止地相互抱怨……但幸好，这种循环是可以被反转的！将坏情绪风暴转变为好心情旋风，是有办法的！

拉巴维尔教授的小妙招

放学后，每个人都可以讲一讲自己一天的经历，大家可以相互倾听。这能让我们把克制了一天的情绪——无论是好的，还是不好的，排遣出来。把话说出来，我们内心的情绪就有了一个出口。

然后，回家的路上，我们嘻嘻哈哈、说说笑笑、追逐打闹，释放一下过剩的精力。

如果还是有一点儿心情不好，我们也可以相互安慰。没有什么比一个大大的拥抱更能缓解紧张感了！

带着好心情回家。

吃点心

情况分析

妈妈的想法

爸爸妈妈给自己制订了一个任务：成为超级父母！这是顶级难事，因为一个孩子一个样，父母得试着适应每个孩子的性格。超级妈妈试图为孩子确定"好"和"坏"的标准。糖果并不是那么"好"的东西。糖是很好吃，但对健康来说，是真的不好！

你的任务就是决不让步……也不要有负疚感。她的念头会自动消退，3……2……1……

阿奈的想法

阿奈吃完了水果，但还有点饿，很想再吃些甜食。

有时，妈妈会同意她的要求，给她几块糖，但并不是每次都这样。当妈妈不同意时，一场脾气大爆发会迅速来袭！

拉巴维尔教授的解读

妈妈的想法

妈妈倒是乐意让阿奈吃点甜食，但阿奈很可能会吃很多，这对她的身体并不好。尤其是摄入过量的糖分，会使孩子的心情产生变化，因为这会影响他们的记忆力、专注力和情绪管理能力。

阿奈体内的情况

　　阿奈吃糖果的时候，糖果里所含的糖分会激活大脑的快乐中枢或奖励中枢。这时，大脑就会分泌一种名为"多巴胺"的快乐分子。

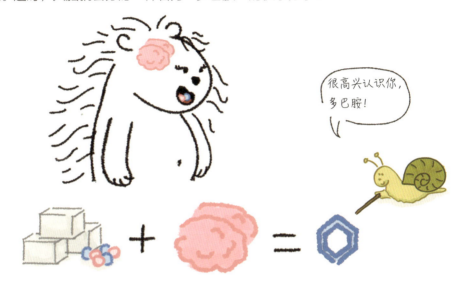

　　多巴胺这个小淘气非常贪婪，它会促使身体索要更多的糖分，因为糖分带来的饱腹感是暂时性的。

拉巴维尔教授的解读

水果和蜂蜜中所含的糖分叫果糖，是一种天然糖类，甜度高，我们的身体很容易消化这类糖。水果营养丰富，不仅能给我们带来甜的快乐，还能为人体提供纤维和多种营养素。

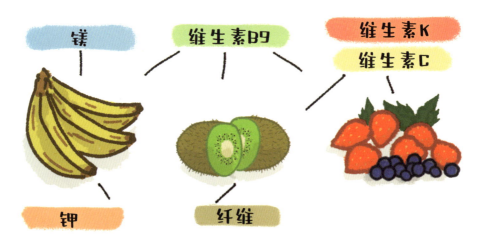

甜食则相反，其所含的是葡萄糖。与糖果相比，葡萄糖含热量更高，吃这类糖会让我们感到快乐，但我们的身体其实并不需要这么多。

身体健康

为了履行超级父母的职责，妈妈试图尽一切努力让自己的孩子保持健康。例如，她会列一份食物清单，上面标有营养成分的相关信息，这有助于妈妈了解什么对自己和孩子的健康有益。能让孩子们高兴，同时又能在饮食方面保持合理性，并不容易！

拉巴维尔教授的小妙招

　　没有什么比亲自下厨更能让我们了解自己使用的食材有多好了。妈妈和阿奈一起做糕点，为下午的点心时间精心准备美味的蓝莓曲奇（见"附赠小惊喜"，118页）。

　　用心制作的饼干比糖果更美味。此外，一起做点心，无论对于大人还是孩子来说，都是美好的亲子时光。

　　全家人都可以享用美味啦！

太好吃啦！！！

用当季的新鲜蓝莓自制的小点心。

做作业

情况分析

每天晚上，孩子们都有作业。他们并不是很想做，爸爸也很想以更愉快的方式来陪伴孩子，但家庭作业很重要！那就开始吧！

为了帮助阿奈心情愉快地完成家庭作业，超级爸爸集齐了他所需要的各种"料包"。将这几种积极的元素放在一起，为的是让辅导作业顺利进行。但有些时候，爸爸也会在一天结束后带回来些别的，那么原先准备的料包就随之变小了。比如，当他带回了疲惫，那么耐心料包就会变小。如果他恼了，并不是因为阿奈，而是由于缺乏耐心。

阿奈的感受

　　阿奈在学校里上了一天课，学了很多东西，一整天都在尽力乖乖听话、认真听讲。到了晚上，她就不再有多余的精力学习，也不能集中注意力了！

早上，

阿奈的学习动力很强！

专注力指数
显示条

午后，

稍有下降……

吃完下午的点心后，

她就完全没有动力了！

　　这对超级父母来说是多么大的挑战啊！为了让孩子能在一天的学习中付出最后一份努力，必须鼓舞他们的士气。

拉巴维尔教授的解读

 爸爸的想法

为了给阿奈辅导作业，爸爸不得不重温自己遥远的童年记忆。嗯，是的，爸爸离开学校已经很久了！

很多时候，孩子们学的是新方法，和父母当初学的不一样。其实大家都是对的，只是解题方式不同而已。

拉巴维尔教授的解读

 爸爸的感觉

哎呀，心情可不是持续晴好啊。爸爸很不舒服，原因有很多。他觉得自己就像一只恐龙，解题的方法都是旧时代的。他恼了，觉得自己无法辅导阿奈。

爸爸感觉自己
过时了

+

爸爸觉得自己
很没用

爸爸气得缩成球了……

阿奈的感觉

　　阿奈也不开心。一天下来她很累，不想学爸爸提供的解题方法，尽管这个方法也很好。她担心不用在课堂上学的方法解题，第二天到学校会被老师批评。

阿奈感觉
很疲惫

阿奈怕老师会
批评她

阿奈气得缩成球了……

拉巴维尔教授的小妙招

不生气，把做家庭作业看成是一次团队合作，怎么样？爸爸和阿奈一起，越早完成作业，空闲时间就越多。每个人都是赢家！

阿奈可以试着把自己在课堂上学到的解题方法讲给爸爸听。这种交流会让阿奈有所提升，因为她要教大人一些东西。此外，通过大声地讲解自己所学的知识，她也可以检查自己是否理解了所学的内容。

完成作业后，每个人都可以享受欢乐时光了。耶！

作业做完了，可以享受生活了！

划定范围

情况分析

父母的想法

日常生活中，每个人都有些规则要遵守，为我们自己好，也为他人好。在家里，父母给孩子们制订行为规范，划定安全范围。

去河边游玩的时候，每个孩子都要在父母的监护下待在一个特定的区域里。哈利最远可以到石头那儿，阿奈可以在小河边蹚水玩，舒仔得待在妈妈身边。

56

孩子们的想法

　　孩子们看不到危险，他们往往想去更远的地方，想越过父母规定的界限。可一旦他们独自离开安全区域，爸爸妈妈就会提醒他们要遵守规范。

停！！！

　　而孩子们一点儿也不喜欢这样！瞧，他们不理解父母，他们愤怒、沮丧，感觉不公平，种种负面情绪如龙卷风般袭来。

拉巴维尔教授的解读

父母的做法

孩子是有好奇心的，这很好。然而，他们可能会遇到一些危险的情况。这就是为什么父母会给孩子划定安全范围。

哈利想要去石头后面游泳，可如果他这样做了，爸爸妈妈就看不到他了，也注意不到是否有危险。

阿奈想和哥哥一样到石头上去玩，但她不会游泳！她只能待在自己双脚可以触到底的地方，否则就很危险。

舒仔呢，他想和姐姐一样在水边玩，但他太小了，得待在妈妈身边，这也是为了他的安全。

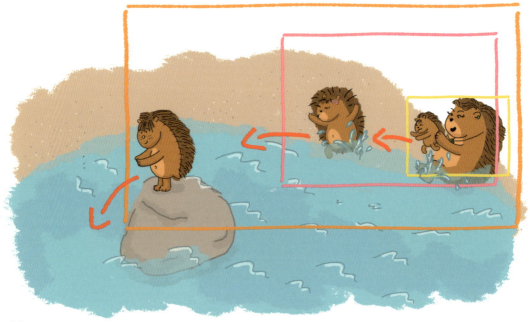

孩子们的感受

孩子们经常想和比他们大的孩子一样，而不是仅仅享受自己已有的东西。于是，当父母对他们说"不"，而他们看到哥哥姐姐却可以的时候，就会感到嫉妒，产生不解。

拉巴维尔教授的解读

安全范围

　　每个孩子都有自己的活动范围，依年龄和发育状况而有所不同。父母对孩子了如指掌，他们知道自己的孩子能做什么，不能做什么。父母之所以坚持让孩子不能超出他们所划定的安全范围，是为了保护孩子，以避免潜在的危险。

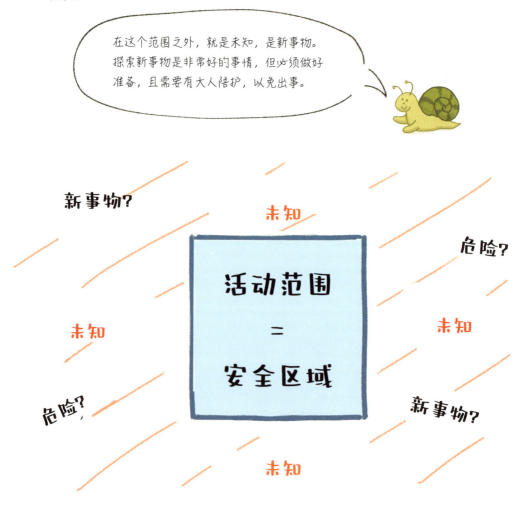

在这个范围之外，就是未知，是新事物。探索新事物是非常好的事情，但必须做好准备，且需要有大人陪护，以免出事。

父母应知道的

为了拓宽知识面、提升个人能力而越过活动范围的界限，这是完全正常的。孩子们正是通过这种方式获得经历并成长。

要想扩大孩子的活动范围，有一点很重要，那就是要掌握好时机。好在爸爸妈妈知道在什么时候、在哪些方面，他们的孩子可以在非常安全的情况下做一些新的尝试。

拉巴维尔教授的解读

沟通的重要性

　　父母对孩子说"不"的时候，并不是想为难他们，而是为了保护他们。孩子们能够理解并听取父母的意见是很重要的。有些孩子可以在父母不做解释的情况下就接受这些限制，另一些孩子却需要了解其中的原因。有时，简单地向孩子解释为什么不行，就足以缓和局面。

　　不进行沟通，就无法向孩子们说明原因：

　　有了沟通，孩子们会更容易接受父母的意见：

一切都说清楚了，我们就
可以尽情享受这一刻！

洗澡

情况分析

妈妈的想法

　　每天晚上都有一个仪式，那就是一整天忙碌的学习和工作后，大家必须洗个澡，但孩子们对此并不总是很积极。

> 快起来，阿奈！你今天很累了！现在去冲个澡吧！

阿奈的感受

　　阿奈不想洗澡。她更愿意继续玩儿。她本来就不喜欢洗澡，更何况还得经常洗（见"附赠小惊喜"，119页）。

但是妈妈！我昨天已经洗过了！！！

停！！！

 　　阿奈烦躁不安，气得蜷成一团。每天晚上都要洗澡，无法摆脱，她太生气了。

拉巴维尔教授的解读

妈妈的想法

对妈妈来说，洗澡是一天里必做的事情。当一切都很好时，洗澡时间会是令人愉快的时刻；而在孩子发脾气的时候，它就会变成一场噩梦。

有时妈妈甚至真想说："唉，今晚就算了吧！"

不天天洗，对皮肤好！

好好洗个澡对她有好处！

阿奈的感受

阿奈不喜欢洗澡有多种原因：

- 肥皂会刺激眼睛。

- 她必须清洗身体的每个部位，每次都要这样，这太无趣了。

- 洗发水会弄乱她的刺毛，而阿奈很讨厌自己的刺毛打结：扯着了会很疼。

天啊，这可不是一件令人愉快的事情！

    阿奈眉头紧锁。她听了妈妈的话去洗澡了，但心里并不乐意……她向妈妈清楚地表明了这一点。

拉巴维尔教授的解读

如果阿奈不洗澡的话，省下来的时间她可以多玩一小会儿或者做自己的事。但从另一方面来看，她的样子和身上的气味就一言难尽了！

让我们来看看如果阿奈不洗澡会变成什么样……

身上不会有玫瑰的香味。

耳朵里有耳垢，叫耵聍。

鼻子被一种名为鼻屎的不明物质堵住了。

刺毛杂乱，上面满是灰尘、树叶和一些奇奇怪怪的东西。

指甲里有脏东西。

两只脚脏兮兮的，会长些小真菌……

阿奈干干净净的时候

如果阿奈经常洗澡，她就会像清晨的露水一样干净清爽。但如果她洗澡过于频繁的话，皮肤会变得脆弱，导致皮肤屏障功能减弱。

必须找到一个平衡点！

洗澡并不仅仅是为了让自己闻起来香香的，做好个人卫生也有助于保持身体健康。这也是父母坚持让孩子经常洗澡的原因。

拉巴维尔教授的小妙招

洗澡时，我们可以从必须要洗的部位开始：身体和头发。接下来，就可以享受洗澡的乐趣了。我们可以让沐浴成为一个嬉戏的时刻，也可以让它成为忙碌一天之后一段静谧闲适的时光。阿奈很喜欢让自己浮在水面上。

孩子也可以和在一旁看护的妈妈玩些小游戏，如动物猜谜，或者边唱边背当天学习的诗歌。

边玩边复习是有效果的。不试试看怎么会有收获呢。

总之，没什么比一家人一起洗澡更能让大家放松了！

沐浴，一个有益又欢乐的时刻。

共同生活

情况分析

在家里，如果我们想让房屋保持整洁，就有很多家务活要做。有时，父母中的一方，妈妈或者爸爸，可能要比其他家庭成员承担更多的家务活。

让我们假设这个人就是妈妈！

买东西

做饭

洗衣服

收拾

打扫

保管各类证件及文件

给孩子们办活动

当每个人都指望妈妈的时候，她就得花很多精力，因为她得照顾舒仔、阿奈和哈利，甚至还要照顾爸爸。买东西、做饭、收拾、打扫、洗衣、保管各类证件及文件、接送孩子、给他们办活动，这么多事都要做！有时候事情实在是太多了，会给妈妈造成精神上的负担。

76

互帮互助

　　通常都是父母负责维持日常生活的秩序，但是，如果家庭成员能够意识到，每个人都应该参与进来，这会是件令人高兴的事。比如做一些像整理个人物品或摆放餐具这样简单但用心的小事，表明每个人都在努力以自己的方式帮忙。

小行动，帮大忙。

拉巴维尔教授的解读

有些时候，我们需要与他人分享。某些情况会很难处理，比如，如何分享一块曲奇。这里说的可不是随便哪一块曲奇，而是最后的那块！争斗、口水战由此拉开序幕，这可是众人心目中的美食珍宝，大家都想得到最后的一块。

这场争夺将会很激烈。

饥饿的
孩子们
+
最后一块
曲奇
二
+
酷爱美食的
爸爸

"石头剪刀布"来决定吧

良性循环

  有时，分享美食的冲突不能用"石头剪刀布"的方式来解决……孩子们之间因分享而产生的矛盾如果处理不好，就真的会成为冲突的根源，时常引发争吵。

  相反，当我们开始让别人先吃的时候，别人也会对我们报以相同的做法，这就趋向于形成一个良性循环。

拉巴维尔教授的解读

　　说话是我们为了让别人理解自己所使用的最本能的交流方式。词语和语气的选择都是非常重要的，因为这会使信息在传递的过程中带上一些色彩，进而影响信息的接收。换言之，无论是大人还是孩子，如果有人不好好说话，我们就不太想听了。

互帮互助

在日常交流中，倾听和说话一样重要。我们跟一个人说话时，如果他不听，这会很令人恼火，就好像我们对他说的话不重要似的。

拉巴维尔教授的解读

简简单单交流

　　在家庭中，交谈对于促进家庭成员间的理解是非常重要的。这看上去很容易，但我们并不总能把自己的感受清楚地说给对方听。有时，我们甚至会说反话，原因是不想说、羞于表达或是保护对方。

　　人们对交流的解读会产生不同的结果。我们想说的、说出口的、传递出去的和他人接收到的内容之间往往有差异。因此，沟通越简单明了，我们得到对方的理解并在需要时获得关心和支持的概率就越大。

　　当然，为了让家庭生活充满温情，我们可以用爱意满满的肢体动作——抚摸、亲吻、拥抱等——来表达感情。

拥抱万岁！

吃饭

情况分析

妈妈的想法

　　一方面，妈妈希望阿奈对没吃过的东西能有好奇之心，可她也不想强迫自己的女儿。另一方面，妈妈很了解阿奈，她很清楚如果自己不坚持让女儿敞开怀抱迎接新的美食，她就只会吃薯条……最好的情况也就是吃贝壳意面了……

和吃糖的时候一样，我们的大脑不总是那么理智……

阿奈的想法

今天的晚餐里有胡萝卜汤！对阿奈来说，这是一道会让她做鬼脸的汤……她不喜欢胡萝卜，决定不去碰它。

实际上，她从没喝过这个汤，所以根本不知道胡萝卜汤是什么味道。但她不想尝试，别人说什么她都不予理会。

拉巴维尔教授的解读

味觉

孩子依赖五种感觉探索世界：味觉、听觉、视觉、触觉和嗅觉。这些感觉给孩子带来不同的感受，让他们有了充足且多样的体验。味觉与嗅觉联系在一起，能帮助我们发现自己爱吃的食物。

味觉是通过口腔中的众多传感器传递给大脑的，在这些传感器中首屈一指的就是舌头。

舌头与味蕾

舌头由17块肌肉组成，是人体最强大的器官之一。舌面布满味蕾，保证味觉信息接收的准确性。我们用舌头区分冷与热、软与硬、苦与酸、甜与咸。

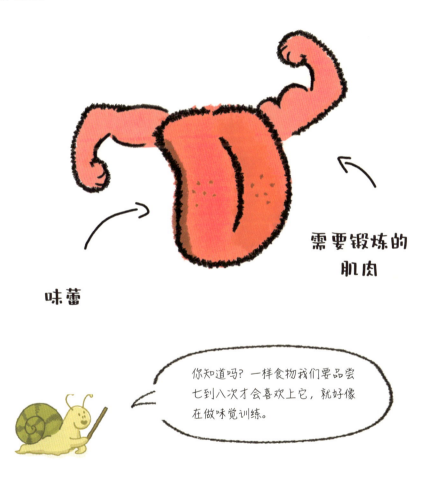

需要锻炼的
肌肉

味蕾

你知道吗？一样食物我们要品尝
七到八次才会喜欢上它，就好像
在做味觉训练。

邀请孩子多次品尝同一种食物，这是使孩子习惯这种食物的味道并对其产生好感的有效办法。

拉巴维尔教授的解读

味觉训练

　　第一次品尝某种食物时，我们会不习惯它的味道，通常也不会喜欢（除非是脂肪含量或糖分含量高的食物）。但为了了解一种食物，我们有必要在日常生活中的不同时刻，或者一生中的不同时刻多次品尝同一食物，因为我们的口味会发生变化。小时候不喜欢吃的某种食物可能长大就喜欢了，反之亦然。

	第一次	第三/四次	某一天
哈利：小萝卜	♡ ♡ ♡	♥ ♡ ♡	♥ ♥ ♡
妈妈：茄子	♡ ♡ ♡	♥ ♡ ♡	♥ ♥ ♡
爸爸：西兰花	♡ ♡ ♡	♥ ♡ ♡	♥ ♡ ♡

♡ ♡ ♡ = 我不喜欢
♥ ♡ ♡ = 我习惯了
♥ ♥ ♡ = 我挺喜欢的
♥ ♥ ♥ = 我太爱了

某些人的口味不会变，或变化很小。这都没关系，什么时候都不算晚，也许等爸爸当了爷爷就会喜欢吃西兰花了。

味道的分享

　　孩子味觉的培养从妈妈怀孕期间就开始了：羊水会有不同的"味道"，这主要取决于妈妈吃了什么。

　　同样的现象在哺乳期间更为明显。母乳本身带有甜味，妈妈近期所吃食物的味道都会体现在母乳里。

真好喝！妈妈今早吃了草莓。

加油，舒仔。接下来是花椰菜。

拉巴维尔教授的小妙招

丰富多样

用餐时，我们可能会因为味道和香气爱上某种食物，也会因为它们的质地对其青睐有加。烹饪，是一门艺术！仅仅是换一换烹饪方式，我们就可以改变食物的浓稠度和味道。这也能让孩子以不同的方式了解同一种食物（见"附赠小惊喜"，120页）。

阿奈不喜欢胡萝卜做成汤，但在这么多不同的做法中，可能有一种她会喜欢呢。

擦丝生吃

切块
蒸熟吃

打成泥吃

做成
胡萝卜蛋糕

想换换花样的话，还有一种方法，就是在烹饪时加入香料或香草。无论是直接加到菜里还是放入酱汁里烹调，都可以明显改变食物的味道。

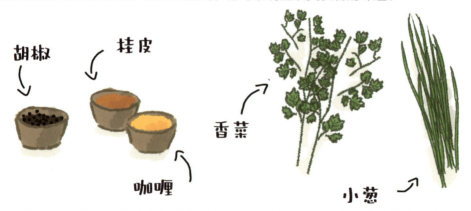

胡椒

桂皮

香菜

咖喱

小葱

最后，想让孩子们在第一次试吃的时候不打退堂鼓，有一个小诀窍：我们可以先给他们少量尝尝……这样，既没有压力，也不会浪费！如果他们的味蕾被征服了，可以再来点儿。

每个人都有自己的口味，每个人都有自己的节奏。

睡前准备

情况分析

妈妈的想法

每天饭后，往往有一小段放松的时间。之后，就要做睡前准备了，那是上床前程序化的步骤。刷牙、上厕所……除此之外，按照惯例，妈妈还要做一件事：她要盯着阿奈，因为这孩子每晚都想把睡觉的时间往后延！

玩够了吧！阿奈！刷牙睡觉了！

阿奈的想法

阿奈不是很想睡觉。她很机灵，制订了一整套计划，就想多争取点儿时间，不要那么快就上床睡觉。

阿奈，你毕竟不会在这里过夜！快睡觉啦！

没人知道我上没上完厕所。嗨，再看几分钟吧。

干得不错！藏身地：厕所。

拉巴维尔教授的解读

妈妈必须紧紧盯着阿奈，因为她总是想尽一切办法找借口不去睡觉。有时候，借口还找得特别好……

好了，
睡觉吧……

真可爱！

阿奈的想法

阿奈不高兴了，因为她必须比哥哥睡得早。那是啊，她年纪更小，需要更多的睡眠时间。这是个事实，但她不那么容易接受。

拉巴维尔教授的解读

妈妈的做法

　　终于为晚上的睡前故事时间做好了准备，阿奈和妈妈坐到了床上。这样一个阅读时刻能让孩子在睡前平静下来，也有利于培养孩子的听力、注意力和想象力。这个习惯也可以潜移默化地让孩子对阅读产生兴趣。

> 搂着孩子一起读书，多么幸福啊。

　　一起读书可以激发孩子的好奇心，从而展开许多话题。这是进行亲子交流的绝佳时刻，它能帮助我们消除一天中最后一点小烦恼，轻松入睡。

阿奈的做法

　　在上床之前，阿奈有一些自己的习惯。比如，她要确认身边的一切都已经"安顿"好，可以过夜了：她给蒲公英浇水，给毛绒玩偶盖好被子。

每个人都有自己的小习惯。

拉巴维尔教授的小妙招

有时交流比我们想象的要深入得多，我们可以和家人分享一些趣闻，共度欢乐时光！

啊！　噢噢！　嘻嘻！

老师让我在词典里查一下"粪"！

嘿，话不停歇的女士们，睡觉啦！

无论这些交流带来怎样的感受，对孩子来说都是非常重要的，尤其是在睡前。

晚安!

入睡

情况分析

父母的想法

　　想睡觉时就能睡着，其实很不容易做到，即使是大人也有难以入眠的时候。有时，一些杂念会让大脑保持活跃，无法得到休息。

孩子们的想法

　　有时，即使我们特别想睡，却睡不着。不同年龄的人都有自己心里想着的事儿。阿奈害怕做噩梦，所以她把捕梦网挂在身边安慰自己，这样就可以做美梦了（见"附赠小惊喜"，123页）。

> 有了捕梦网，我就可以睡个好觉了。

　　哈利，他的小心脏跳得太快了，连眼皮都合不上了。

> 啊，莉莉森…

拉巴维尔教授的解读

妈妈的想法

孩子们睡不着的时候，父母会很担心。他们知道睡眠不足会影响孩子第二天，甚至第三天的状态。

妈妈非常了解孩子们。她知道，孩子们疲劳的时候在学校会遇到很多困难，他们会跟不上学习进度，也听不进去老师讲课，情绪波动也会很大，会变得暴躁。好好睡觉对孩子的成长非常重要。这一点父母是知道的，所以他们才会再三坚持要孩子们早睡。

阿奈的状态对比

睡眠质量会影响一个孩子的身心发展。睡得越好，学习能力和吸收能力就越强：得到充分休息的大脑比疲劳的大脑表现更出色。

完全是天壤之别。

疲劳的大脑	得到充分休息的大脑

- 疲劳的征兆
- 易怒
- 亢奋
- 注意力下降
- 专注力下降

- 可以更好地管理情绪
- 注意力提升
- 更加专注
- 记忆力更好
- 运动机能更好

拉巴维尔教授的解读

晚上，阿奈时而很难入睡。有时，她回想自己忙碌的一天，还是很兴奋。还有的时候，她又会因为焦虑而失眠。孩子们不容易入睡是常有的事。在这种情况下，我们可以帮助他们，引导他们让身体放松下来。为此，我列举了孩子可以放松的每个部位。

一次放松一个部位，从 1 到 6 依次放松。

2.双手和手臂

1.头部

3. 腹部

4. 背部

5. 双腿和双脚

6. 全身

视觉放松法

　　我们可以激发孩子们丰富的想象力，为这个放松的时刻增添神奇的魔力。如果他们能让自己置身于想象的画面中，他们就能更自然地沉浸在这样的放松练习里。比如，父母可以让孩子们想象一朵柔软的放松云，他们可以躺在上面，放松一下，当然还可以睡一觉，为什么不呢（见"附赠小惊喜"，124页）？

喏……阿奈乘着这朵放松云向梦乡出发了。

拉巴维尔教授的小妙招

每个家庭在房间分配上都有不同的安排，其所依据的是个人选择、生活设施、财产收入、所处环境和家庭文化。

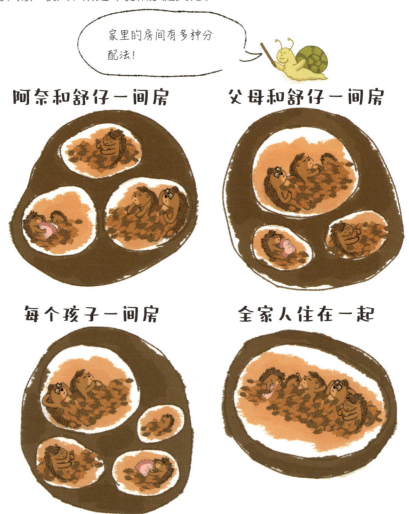

家里的房间有多种分配法！

阿奈和舒仔一间房

父母和舒仔一间房

每个孩子一间房

全家人住在一起

房间布局并不是那么重要，重要的是全家人能找到一个舒适的平衡点，让每个人都觉得在家里很舒坦，能度过一个宁静安详的夜晚（见"附赠小惊喜"，125页）。

投入温柔之夜的怀抱……

拉巴维尔教授的总结

一个非常普通的家庭
带刺却甜蜜

一位和蔼可亲的
教授

瞧，一天已经过去了……

感谢友善的刺猬一家接待了我们。

最后想要告诉大家的是，无论发生什么，在任何情况下，都不要忘记做自己想做的，但更重要的是，做自己能做的！

正如拉巴维尔教授所说："和孩子们在一起，并没有万能的准则。对一个孩子有用的办法不一定对其他孩子有用。"

我们要因人而异，发挥自己的创造力。

那么，再见了。各位超级父母和超级孩子，加油！

PS：翻开下一页，去发现本书附赠的小惊喜吧！

附赠小惊喜

早晨的时间标记

画一个时钟，然后贴到一张白纸上。用本书提供的或自创的颜色条码在
钟面上涂色。不要忘记标上图注！早上，你只需瞅一眼画好的时钟就能知道
现在该做什么。

🟥 ＝ 睡觉   🟩 ＝ 出门

🟧 ＝ 早餐   🟦 ＝ 上学

🟨 ＝ 洗漱

情绪对照表

我感觉:

挺好的。

特别棒!

你现在感觉如何?
请在第一幅图中指出你
现在的情绪状态。

糟透了!

不好。

我想要:

说话

拥抱

思考

笑

哭

发泄

然后试着在第二幅图
中指出你想要做什么。明
确地知道自己的感受可以
使你冷静下来,并将这种
感受说出来。

曲奇的做法

需要的食材:

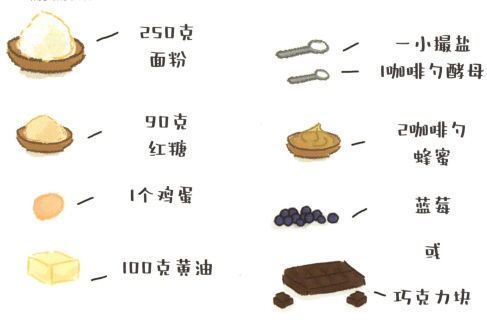

250克
面粉

一小撮盐
1咖啡勺酵母

90克
红糖

2咖啡勺
蜂蜜

1个鸡蛋

蓝莓

或

100克黄油

巧克力块

需要做的是:

1. 将面粉、红糖、食盐和酵母倒入一个沙拉碗中,混合拌匀。

2. 在父母的帮助下融化黄油。

3. 将融化的黄油倒入另一个沙拉碗中,搅匀后加入蜂蜜和
   一个打好的鸡蛋。

4. 将第二个沙拉碗内的混合物倒入第一个沙拉碗中并搅拌均匀。

5. 放入蓝莓或巧克力块。

6. 用手或勺子将面团做成球状,稍稍压扁,放在铺有烘焙纸的烤盘上。

7. 请父母帮忙烘烤曲奇,烤箱温度调至220度,
   烤8分钟。

以下是一些可供参考的有关个人卫生的标准。你可以让父母把这一页的内容复印下来，挂到浴室里！

我们可以清洗：

尖刺和毛发：每周一到两次

耳朵：每周一次
（注意：儿童不能独自使用棉签，要用生理盐水清洗）

牙齿：每天两到三次

身体：每天一次

胡萝卜蛋糕的做法

做蛋糕需要的食材：

 250克
胡萝卜

 1个柠檬

 4个鸡蛋

 175克
杏仁粉

 半咖啡勺食盐
1咖啡勺酵母

175克
红糖

1咖啡勺桂皮粉
1咖啡勺姜粉
1小撮四种香料

 75克
面粉

 25克
蔓越莓

（胡椒、丁香、肉豆蔻、干姜）混合粉

 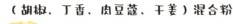 20克黄油

50克
碧根果

需要做的是：

1. 轻轻敲破鸡蛋壳，使蛋黄与蛋清分离。将蛋黄倒入一个沙拉碗中，加红糖，搅匀。

2. 碧根果切碎，胡萝卜擦成碎末。

3. 将面粉、食盐、杏仁粉、剁碎的碧根果、各种香料和柠檬皮碎倒入装有蛋黄和糖的沙拉碗中，搅拌均匀。

4. 放入擦碎的胡萝卜和柠檬汁，再次搅拌后放入蔓越莓。

5. 打发蛋清，动作轻柔地将其与之前准备好的混合物融合。

6. 把黄油涂抹在模具上，并倒入准备好的混合物，放入烤盘。

7. 请父母帮忙把烤盘放进烤箱，在180℃的温度下烘烤40到50分钟。

制作蛋糕淋面需要的食材：

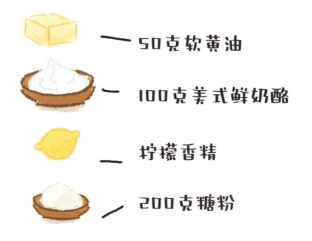

—— 50克软黄油

—— 100克美式鲜奶酪

—— 柠檬香精

／ 200克糖粉

1. 将软黄油、糖粉和柠檬香精混合，之后加入鲜奶酪，打发片刻。
2. 将制作好的淋面涂抹在蛋糕上，放入冰箱12小时后即可食用。

祝你胃口大开！！

甜蜜亲情兑换券

　　在一张白纸上画一些空白"兑换券"，涂上你想要的颜色，再请父母帮忙剪下来。接下来，你要做的就是填好再送出去！

凭本券可兑换：
一个拥抱

凭本券可兑换：
玩一局桌游

凭本券可兑换：
一个吻

凭本券可兑换：
一次野餐

凭本券可兑换：
一起做一次蛋糕

凭本券可兑换：

凭本券可兑换：

凭本券可兑换：

天然捕梦网

1. 用树枝编一个圆环。
2. 用丝线或细绳将圆环缠好。
3. 用丝线或细绳在圆环中编出一个用来捕梦的网。

树枝

丝线

树叶

花

4. 用鲜花和树叶装饰你的捕梦网，将它挂到房间里，做个美梦吧。

放松云

以下是一个睡前放松练习，它可以让你度过一个美好安宁的夜晚。

1. 选一个自己觉得舒服的姿势仰面躺下。

2. 闭上双眼。

3. 让身体放松下来，做一次深呼吸。

4. 想象一下，自己躺在一朵柔软的云上，云上特别安静。

5. 感觉自己的头部放松下来，身体稍稍沉入云中。让放松的感觉延伸至你的手臂，直至指尖。

6. 感觉你的背部在云中进一步舒展开来，完全放松下来。想象自己放松下来的腹部在每次呼吸时都完全舒展开来。然后，感觉自己的大腿、腿肚和双脚都更多地沉入放松云中。

7. 现在，你的整个身体都平静舒缓下来了。

8. 保持这种放松所带来的令人愉悦的感觉。

舒舒服服地躺在云朵上，你已经做好准备要度过一个温柔甜蜜之夜了。

刺猬们的住所

　　随着钢筋混凝土的入侵和野生自然空间的缺失，刺猬们需要我们帮他们在花园尽头建一个隐蔽且安静的住所。没有什么比造这样的住所更简单的了！只需要回收几块木板，再用钉子固定好就可以了（注意：还是要在大人的帮助下完成哦！）。下图是可供刺猬一家居住的理想尺寸的小屋示例图。重要的是，这个小屋要有一个挡风入口，还要有屋顶，因为刺猬们非常讨厌穿堂风……

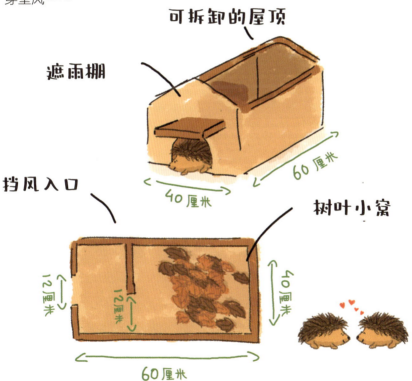

可拆卸的屋顶

遮雨棚

60 厘米

40 厘米

挡风入口

12厘米

12厘米

树叶小窝

40厘米

60 厘米

　　好了，刺猬们可以进来暖和地过冬了，春天的时候，他们可以组建一个家庭，夏天还可以纳凉。一个温暖舒适的树叶小窝，不远处还有饮水盆和鸡肉味猫粮，简直就是五星级的住所啊！注意，请勿喂食面包、牛奶和巧克力，他们吃了这些会有很严重的后果。

　　刺猬一家将向你表示衷心的感谢！

125

致谢

感谢奥雷莉、克莱门蒂娜以及

阿尔班·米歇尔出版社全体成员的关照。

感谢席琳让我的手臂渐渐恢复正常。

感谢家人给我的支持，这对我来说很珍贵。

感谢朋友们，尤其是赛琳娜和维吉尼。

感谢我的父母，法比安娜和米歇尔，

我的哥哥西里尔和嫂子桑德琳娜，

我的侄子涛和小侄女玛艾。

感谢杰里米在我身边唠唠叨叨，最后，

感谢我永不干涸的快乐源泉——莉莉……

图书在版编目（CIP）数据

　　小刺猬阿奈家的 24 小时 /（法）曾荷丽著 ； 王存苗，
汪一鑫译 .-- 杭州 ：浙江教育出版社，2024.5(2025.4 重印)
　　ISBN 978-7-5722-7675-0

　　Ⅰ . ①小… Ⅱ . ①曾… ②王… ③汪… Ⅲ . ①儿童故
事－图画故事－法国－现代 Ⅳ . ① I565.85

　　中国国家版本馆 CIP 数据核字（2024）第 056514 号

《小刺猬阿奈家的 24 小时》

24 H dans la vie d'une famille hérisson by Aurélie Chien Chow Chine
© Éditions Albin Michel, Paris, 2021
Simplified Chinese edition arranged through Dakai – L'agence

引进版图书合同登记号 浙江省版权局图字：11-2024-110

小刺猬阿奈家的 24 小时
XIAOCIWEI ANAI JIA DE 24 XIAOSHI
［法］曾荷丽 著　　王存苗 汪一鑫 译

总 策 划 李　娟　　**执行策划** 王超群　张雪子
装帧设计 夏　半　　**责任编辑** 王晨儿
美术编辑 韩　波　　**文字编辑** 骆　珈
责任校对 傅美贤　　**责任印务** 曹雨辰

出版发行 浙江教育出版社（杭州市环城北路 177 号）
印　　刷 河北鹏润印刷有限公司
开　　本 787mm×1092mm　1/16
印　　张 8
字　　数 80 千字
版　　次 2024 年 5 月第 1 版
印　　次 2025 年 4 月第 12 次印刷
标准书号 ISBN 978-7-5722-7675-0
定　　价 76.00 元

如发现印、装质量问题，请与印刷厂联系调换。联系电话：0317-7587722

人啊，认识你自己！